ㄱ의 꿈

7의 꿈

초판 1쇄 인쇄_ 2019년 02월 15일 | **초판 1쇄 발행_** 2019년 02월 20일
지은이_ 강민영, 권민지 | **펴낸이_** 진성옥·오광수 | **펴낸곳_** 꿈과희망
디자인·편집_ 김창숙·윤영화 | **마케팅_** 김진용
주소_ 서울시 용산구 백범로 90길 74, 103동 오피스텔 1005호(문배동 대우 이안)
전화_ 02)2681-2832 | **팩스_** 02)943-0935 | **출판등록_** 제2016-000036호
E-mail_ jinsungok@empal.com
ISBN_ 979-11-6186-049-7 43810

7의 꿈

강민영 ︱ 권민영 지음

꿈과희망

책쓰기 수업이 10년 차에 접어들었습니다. 오랜 시간 책쓰기 수업이 지속될 수 있었던 원동력은 책쓰기 수업에 참가한 학생들의 노력과 교사들의 열정 덕분이었습니다. 또한 일 년 동안 일주일에 한 시간 책쓰기 수업을 교육과정 속에서 실현할 수 있도록 제도적 장치를 만든 관리자의 안목도 한 몫을 담당했습니다.

한 권의 책에는 한 사람의 온 우주가 담겨 있다고 합니다. 일 년 동안 학생들은 자신의 우주를 한 권의 책에 담기 위해 온 마음을 다해 한 자 한 자 완성해 갔습니다.

책을 쓴다는 것은 인생의 몇 고비를 넘긴 어른들도 하기 힘든 일입니다. 그 힘든 일을 고등학교에 갓 입학한 십대 아이들이 해냈습니다.

올해는 대구시교육청의 지원을 받아 10번째 학생저자 출판지원 도서를 만들었습니다. 190명의 학생들이 저마다의 책을 만들었는데 그 중에서 몇 권을 추려내는 것은 너무나 힘든 일이었습니다. 경북여고 도서관에 들어가면 가장 먼저 눈에 띄는 자리에 매년 출간된 학생저자 출판지원 도서가 전시되어 있습니다. 그 자리에 자신의 책이 전시되기를 수

업에 참가하는 학생들은 간절한 마음으로 기원했을 겁니다.

모든 아이들의 책을 출판지원 도서로 선정하지 못한 것이 내내 마음을 불편하게 만듭니다. 모든 아이들의 우주는 그 자체로 아름다운데 그 아름다움을 하나의 잣대로 평가한다는 것이 과연 바람직한가에 대한 고민 때문입니다. 일 년 동안 함께 해준 아이들 모두에게 축하와 감사의 박수를 보냅니다.

'ㄱ의 꿈'은 두 학생의 시집을 묶은 것입니다. 학생 모두 성(姓)에 'ㄱ'이 들어간다는 공통분모를 추출해서 시집 이름을 지었습니다. 두 저자는 친구들이 시를 자주 읽고, 창작했으면 하는 꿈을 가지고 있습니다. 이 책이 그 꿈을 이루는 시작이 되기를 기원합니다.

경북여고 교사 이주양

| 차례 |

예쁜 날 예쁜 달 _ 권민지

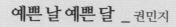

강민영

꽃처럼

그렇게

| 작가 소개 |

학교에 다니며 작가가 되기를 희망하는 고등학생이자 작가 지망생.

항상 소심하고 쉽게 주눅이 드는 자신을 보며 스스로에게 위로의 말을 건넨 것이 시작점이 되어 이 책을 쓰게 되었다.

잘난 곳 하나 없고, 허술한 곳 투성이지만 멋진 글을 쓰는 사람이 되고 싶다.

책을 쓰는 일은 항상 어렵기만 하다.

조금은 서툴고 다듬어지진 않았지만

그럼에도 사람들에게 위로를 건네기 위해

단어들을 세심하게 바라보려고 노력하고 있다.

평범함을 지닌 우리에게, 그리고 당신에게

평범하기에 평범하지 않은 상상을 자주 했지만, 평범했기 때문에 항상 특별함을 동경했습니다. 남들과 비교하는 게 일상이 되어버렸고, 그런 일상은 저를 종종 나락으로 밀어냈습니다. 스스로에게 상처를 내고, 또 그 상처들을 보며 절망했습니다. 스스로 만들어 낸 상처는 스스로만이 아물 수 있게 한다는 걸 알지 못했습니다.

괜찮은 날보다 괜찮지 않은 날들이 더 많았고, 환하게 웃은 날보다 쓴 웃음을 지은 날이 많았습니다. 오늘을 살아가는 것에 지칠 때, 내일을 살아가는 것이 두려울 때 종종 제 자신에게 말을 걸기 시작했습니다. 그 말들을 모아 전하고자 합니다.

언젠가 생각이 많아지는 날, 반대로 생각이라도 하고 싶은 날 문을 두드려 안으로 들어와도 좋습니다. 눈으로 읽고, 마음으로 읽다 보면 우리의 마음이 꼭 맞는 날이 오지 않을까요. 마음을 맞춰 내일도 함께 이겨내 봅시다.

우리는 우리라는 이름으로 아름답고, 찬란합니다. 더 높아지기 위해 애쓰지 않았으면 좋겠습니다. 아직은 조금 부족하기 때문에, 조금 미숙하기 때문에 더 반짝이는 것이니까요.

당신의 곁에서
강민영 드림

꽃 한 송이

너는 다른 이에게
질타를 받을 이유도 없고
비난 받을 이유도 없어
언제나 당당해야 해

너의 소중함을 꼭 알길

너의 의미

너는 알까
너를 대신할 사람은
그 어디에도 없다는 것을

네가 믿을까
너는 항상 반짝인다는 것을

너는 알았으면 좋겠어
네가 믿었으면 좋겠어

너는 아주 많이 소중하다는 것을

제일 중요한 것

네가 뭘 먹고 싶은지
뭘 하고 싶은지
어디로 가고 싶은지

거기에만 집중하자

지금 너에게
필요한 것은 무엇인지
무슨 말을 듣고 싶은지
어떤 생각을 하는지

거기에만 집중하자

지금 너에게 가장 중요한 건
너뿐이야

13월

우리 함께
13월로 가자

아무도 찾지 않는
13월로 떠나자

13월에 갇힌 채
우리 둘이서
우리의 순간을
별에 기록해 놓자

13월의 처음에서
함께 춤을 추자

13월의 끝자락에서
달에 놀러가자

13월의 어느 하루에서
우리 둘이
꽃 하나 심어 놓자

빛

하늘에서
빛이 나는 것에는
해와 달과 별이 있고

이 세상에서
빛이 나는 것에는
너와 내가 있지

우리는
이 세상에서
가장 찬란하게
빛나는 중

꿈

꿈의 정의가 무엇이기에
어떤 꿈을 꿔야 맞는지
어떤 꿈이 인정받는지

꿈 하나 꾸는 것도
내 멋대로 못하고

다른 이들과
같은 꿈을 꿔야 할까

자면서 꾸는 꿈도
사실 큰 꿈이
될 수 있을 텐데

엉뚱한 꿈도
사실 대단한 꿈이
될 수 있을 텐데

괜찮아, 괜찮아, 다 괜찮아

실수 가득했던 하루였더라도
괜찮아

실망만 쌓인 하루였더라도
괜찮아

너무 힘든 하루였지만
괜찮아, 괜찮아, 다 괜찮아

내일은 오늘보다 괜찮은 하루를 보낼 거야

악마와 하루를

어느 날
나에게 악마가 찾아와
달콤하게 속삭인 순간

힘을 빼고 눈을 감고
악마의 하루로
끝도 없이
빠져들어 간 순간

다시 힘을 주고
감긴 눈을 뜨고

악마와 하루 종일
악마의 춤을 춘 순간

기분 좋은 취함에
깊숙이 파묻혀
하루를 보낸 순간

단 한 번의 그 순간

행복

행복하지 않을 사람은
어디에도 없고

행복할 사람은
정해져 있지 않다

행복은
과거의 우리도
지금의 우리도
미래의 우리도

언제든
필요할 때
꺼내서 사용할 수 있는 것

예쁜 사람

예쁜 사람
아무것도 하지 않아도
예쁜 사람

하염없이 예쁜 사람
덧없이 예쁜 사람

그렇게 영원히 예쁠 너

충분

매번 실수한다고 자책하지 마
매번 혼이 난다고 속상해 하지 마

너는 매번 노력하고
너는 매번 최선을 다하잖아

그럼 충분해
모든 것이 충분해

꽃

매사 지치고
매사 힘들고

모든 것이
우리를 괴롭히겠지만

조금만 버티자
조금만 힘내자

조금 뒤 우리는
꽃을 피울 거야

그 누구보다
활짝 핀
제일 예쁜 꽃

천국

너의 손을 잡고
어디든지
갈 거야

비록
야자수가 있는
그곳은 아니지만

너만 있으면
어떤 곳이든
나에겐
천국이니까

오늘은
날씨도 좋고
내 손을 잡고 있는
너도 좋으니까

그곳이 어디든
우리에겐
천국이자 낙원

다시

다시 올 내일 때문에
다시 못 올 오늘을
포기하지 말자

다시 뜰 해를
계속해서 바라보면
결국 눈은 멀어버리지

지금에 집착하면
다음을 기약하긴
한없이 어려워지겠지

다시 올 내일 때문에
다시 못 올 오늘을
포기하지 말자

웃기

지치고
힘들어도
웃어넘기자

모든 것을
웃어넘기면
정말로 넘어가니까

견디기 힘들 때는
잠시 미친 척
한바탕 웃자

한숨은 잠시
접어 두고

지금은 잠시
웃어 버리자

같이

같이 걷고
같이 아프고
같이 웃자

그렇게 매순간을
같이 하고 싶어

같은 곳을 바라보고
같은 것을 사랑하고
같은 삶을 살아가자

그렇게 영원을
같이 하고 싶어

주인공

좋은 결과를 내고
좋은 모습을 유지하고
남들이 동경하는
그런 생활도 좋지만

조금은
좋지 않은 결과와
풀어진 모습
아무도 바라보지 않는
그런 생활도 괜찮잖아

나만의 모습으로
그렇게 매일
나만의 방식으로

속도

남의 속도에 맞추지 말고
우리의 속도에 맞춰 가자

누가 참견해도
누가 질타해도
누가 무슨 말을 하든

우리는
우리의 속도로
우리의 걸음으로

그렇게 걸어가자
그렇게 맞춰 가자

제목

너와 나의
삶의 제목을
지어 보자

그 어떤 제목보다
멋있게,
빛나게,

우리 둘만의
삶의 제목을
지어 보자

우리의 삶은
우리만의 것이니까,

아무에게도
간섭 받지 않고,

아무에게도
방해 받지 않고

우연 혹은 필연

우연이라 믿었던
순간들은
필연이었고,

필연이라 믿었던
시간들은
그저 우연이었다

우연이라 믿었던
너는 나의
구원이었고,

필연이라 믿었던
나는 너의
불행이었다

우리는 서로의
우연이자 필연이었다

우리라는 이름

우리라는 이름은
우리라는 사람은

그 자체로
찬란이자 빛이었다

우리라는 이름을
우리라는 사람을

잊지 말자
잃지 말자

언젠가 미래에서

언젠가 미래에서
지금의 나를 본다면
잘 살아가고 있다고
칭찬해 주자

지금을 살아가는 나는
한없이 초라하지만

미래를 살고 있는 나는
더없이 화려할 테니까

언젠가 미래에서
지금의 나를 본다면
힘내라고 위로해 주자

미래를 살고 있는 나는
지금을 살고 있는 나를

위로해 줄 수 있는
여유를 가졌을 테니까

달의 아이

달을 동경했다

조금씩 차올라
만개했다가
조금씩 비워지는

달을 사랑했다

나의 발걸음이
외롭지 않게
다정하게
안아 주는

나의 달
나만의 달

발자국

가끔 이미 남겨진
발자국을 따라
걷곤 했다

너의 발자국을
따라 걷고 싶었지만
너의 발자국은
찾을 수 없었다

찾을 수 없어
안타까운 마음에
나의 발자국이라도
따라 걷고 싶었지만

나의 발자국조차
찾을 수가 없었다

지나가다

이제 와서 보니
나를 마주했던 것들 중에

지나간 건 왜 이리 많은 건지
놓친 건 또 왜 이리 많은지

잡으려 애쓴 손이 무색할 만큼
텅 비어 버린 손을 다시 붙잡았다

지나간 것들을
놓친 무언가를
하릴없이 쳐다본다

그 순간에도
또 다른 것들이
나를 지나가고 있었다

후회

후회를 살기엔
우린 아직 어렸고

후회를 후회하기엔
우린 벌써 커 버렸어

모든 순간이 후회였고
모든 순간이 고뇌였지

후회한다는 건
내가 숨을 쉬고 있다는
조용한 기적이었어

우리의 새벽

우리의 새벽은
우리를 더 크게 만들어 주었다

우리의 새벽은
우리를 더 단단하게 만들어 주었다

우리의 새벽은
우리를 더 아름답게 만들어 주었다

우리의 새벽은 낮보다 아름다웠고
우리의 새벽은 낮보다 뜨거웠다

너에게

오늘은 달이 참 예쁘다는데,
달이 예쁘단 핑계로
너에게 가고 있어

달을 닮아 예쁜 너를
나에게 담을 수 있도록
나는 밤하늘이 될게

오늘 달이 예쁘단 핑계로
너에게 조금씩 가고 있어

계절

너의 계절이
겨울과 봄 사이에 있고,

나의 계절이
여름과 가을 사이에 있다면,

나는 언제라도
나의 계절을
너의 계절에
선물할 거야

언제든지
어떤 것이든
모든 것을,

애착

지나간 것들에
애착을 느꼈고

지나간 것들로
아픔을 느꼈다

나를 지나간
모든 것들이
남기고 간 흔적은

무참했고,
무정했다

그 흔적들마저
나의 애착이 만들어 낸
흉터였다

사랑이었다

나를 간질이기에
영문도 모른 채
피하기 시작했다

나를 뛰게 하기에
두려워
마주하지 않았다

나를 찌르기에
너무도 아파
그 자리에서
주저앉은 채
울어 버렸다

한참이 지난 후
한참을 곱씹어 보니

그 모든 것들이
사랑이었다

조금 늦게 피는 꽃이 더 아름답기에

처음 책을 쓰고자 마음을 먹었을 때는 걱정이 조금 앞섰습니다. 꿈이 작가인지라 조금 더 완성된 책을 쓰고 싶었고, 욕심이 커질수록 부담감도 커져 갔습니다. 그렇게 틀을 잡는 것조차 어려워 책을 쓰는 것을 차일피일 미뤄왔습니다. 원고 제출일이 가까워져 왔고 급하게 글을 썼습니다. 그러다 보니 많이 서툴렀고, 제가 하고 싶었던 말이 다 담기지 못했습니다. 완성도에 집중하지 못하고 끝마침에만 신경을 쓰고 있다는 것을 알게 된 순간, 글을 다시 쓰기 시작했습니다. 맥락 없이 쓰기도 했고, 평소에 스스로에게 했던 말과 제 주변 사람들에게 해주고 싶었던 말을 두서없이 떠들기도 했습니다.

그 숱한 말들이 모여 지금의 '꽃처럼 그렇게'가 나올 수 있었습니다. 여전히 더 좋은 말들과 더 다정한 말들을 건네고 싶고, 조금 더 따뜻한 책이 되기를 바랍니다. 허술하고 부족하지만 예쁘게 꽃을 피울 당신에게 이 책이 잠시나마 쉼이 되기를 간절히 기도합니다.

이 책을 완성하면서 꼭 드리고 싶은 말은 꽃을 피우기 위해, 더 높이 날기 위해 너무 많은 힘을 소비하지 않았으면 좋겠습니다. 조금 늦게 꽃을 피우는 것도, 낮은 곳에서 천천히 걸어가더라도 그만의 아름다움이 있다고 생각하니까요.

조금 늦게 피는 꽃을 가만히 따뜻하게 바라봐 주세요. 가만히 바라봐 주는 것만으로도 꽃에게는 큰 위로가 될 거예요.

우리는 과거에도, 지금도, 앞으로도 꽃을 피우는 시간 속에 살고 있고, 또 무수한 순간을 살아갈 것입니다. 그 시간 속에서 힘이 들 때도 많지만, 조금만 더 걷다 보면 언젠가 만개한 꽃을 만날 수 있지 않을까요?

오늘도 정말 고생했어요, 수고했어요.

권민지

예쁜 날
예쁜 달

　　안녕하세요, 경북여자고등학교에 재학 중인 권민지입니다. 책 한 권을 쓰는 것은 생각보다 굉장히 많은 시간과 노력이 필요했어요. 글을 다 쓰고 수정 작업까지 마친 후에는 말로 표현할 수 없을 정도의 뿌듯함이 밀려와 쌓였던 피로가 한 순간에 가시는 느낌이었습니다. 그동안 제가 투자했던 시간에 대한 보상 같기도 했지요. 그리고 책을 쓰면서 주변 사람들에게 보여 준 적이 더러 있었는데, 그럴 때마다 좋은 말들로 화답해 주어서 제게 용기를 북돋워 주신 분들께 진심으로 감사 인사를 드립니다.

　　처음에는 마냥 저만의 시를 쓰고 싶었어요. 평소에 시 읽는 것을 참 좋아하기도 했고, 쑥스럽지만 종종 노트에 끄적이기도 했거든요. 그런데 정식으로 시를 쓰다 보니 문득 이런 생각이 들더군요. '이 시를 통해서 내가 표현하고자 하는 바를 독자들에게 제대로 전달할 수 있을까?' 수차례 고민을 통해 '시는 이해하는 것이 아니라, 그 시에 나를 대입하는 것이 아닐까?'는 해답을 얻었답니다. 제가 쓴 시가 여러분께 어떠한 방식으로 다가갈지 모르겠으나, 제 시를 읽을 때만큼은 잠깐이나마 바쁜 일상에서 벗어나 주변을 둘러보며 쉬어 가는 시간을 가질 수 있기를 바라요. 한 가지 추천해 드리자면, 여러분도 시를 쓰는 시간을 가져 보세요. 바쁘다는 핑계 말고 자투리 시간을 활용해서라도요. 시라는 틀을 지키려 애쓰지 말고 그저 손이 가는 대로 몇 글자 써 보는 것도 좋은 방법이랍니다. 전 글을 쓴 후에는 신기하게도 생각 정리가

돼서, 개인적으로 생각이 많을 때엔 시간을 내서라도 글을
쓰거든요.

칠흑 같은 하루의 끝에
손 꼭 잡고 걷던 달이 있더래요

나를 끌어안아 주고
온전히 사랑으로 채워

보름달처럼 떠오른 채
예쁜 기억으로 남아 있더래요

예쁜 날 그곳엔 예쁜 달이 있더래요

새벽 세 시

어둠은 깊어가고
아침은 다가오는데

생각은 깊어지고
마음은 답답해서

방 안에 우두커니 앉은 채
거울 속을 들여다보면

괜스레 작아 보이는 내가
갇혀 있는 나를 보고 있는

새벽
새벽 세 시

비

창 밖에서 새어 나오는
자그마한 빗소리는
나를 밖으로 향하게 한다

온전히 빗방울을 느끼고 싶어
우산은 깊숙이 넣어 두고
빈손으로 문을 열었다

한창 후끈해진 날씨에
선물 같았던 그날의 비는
혼자였던 나의 친구가 되어 주었다

밤이 늦어 내일 다시 만나자고
약속하고 헤어졌지만
결국 다음 날 비는 오지 않았다

문득

나를 보는 시선이
교묘하게 바뀌었다

나를 짓누르던
그 분위기의 무게를
견뎌내기는 쉽지 않았다

나로 인해 생기는
그 불편함은
나까지 불편함에 젖게 했다

무거운 마음을 떨쳐내려
운동장을 달렸다
얼마쯤 달리면 가벼워질까

고개를 들어 문득 바라본 하늘은
금방이라도 비를 떨어뜨릴 듯
나와 닮아 있었다

그때 나의 뺨에 흘러내린 것은
빗물이었으리라

모순

가만히 듣다 보면
너의 말에는
모순이 있다

보고 싶단 말을
등 돌리며 속삭이는
너를 보면 모순이 있다

사랑한단 말을
무미건조한 얼굴로 내뱉는
너를 보면 모순이 있다

미안하단 말을
온기 없이 감싸며 전하는
너를 보면 모순이 있다

그런 너를 이해하지 못하면서도
먼저 등 돌리지 못하는
나에게도 모순이 있다

그런 너를 닮아가는 것일까,
이것 또한 모순인 걸까

불안

외로움과 두려움이라는 단어가 모여
나라는 형체 없는 불안감을 만들었고

세상의 숨소리가 거칠어
나를 조용히 감춘 채 걸었다

아무리 걸어도 보이지 않는 끝이
나를 더 휘청이게 만들었고

외로움이 당연한 세상에선
희망의 끝자락조차 보이지 않았다

여고생

지금은 마냥 벗어나고 싶은
학교를 그리워할 날이 오게 될까

스치는 바람에 아파하고 눈물 흘리는
나를 그리워할 날이 오게 될까

온종일 지루하게 반복되는
오늘을 그리워할 날이 오게 될까

다시는 오지 않을
순간에 대하여

괜찮다는 것

현재의 나는 너무 불안해서
송두리째 없어질 것만 같았다

그럼에도 나는 괜찮다고 답했다
괜찮다고 하면 괜찮아질 줄 알았다

그러나 나는 괜찮지 않았다
아무렇지 않은 척하는 것은 더욱 그랬다

그러던 어느 순간부터는
괜찮은가 묻는 사람조차 없었다,

나는 내게 나지막이 물었다
나는 괜찮지 않다며
밤새 울었다

나로 살아가는 것

행복하고 싶다는 생각은
나를 많이도 숨막히게 한다

세상은 어떻게든 나를
평범한 불행 속에 살게 한다

저 하늘 위 별들은 소소하게 빛나는데
그 아래엔 빛날 틈도 없이 서성이는 나

이젠 우는 법도 잊어버린,
나는 어떤 사람이고 싶었던 걸까

상처

사람들에게 스쳐 생긴 상처가
나를 난도질해

더이상 견딜 수 없게 되었을 때
나는 상처를 꿰맸다

새벽이면 꿰맨 상처에
조금씩 틈이 생겨

꾹꾹 눌러두었던
그때의 아픔이 다시 배어나왔다

한 번 생긴 상처는
쉽게 아물지 않았다

목요일 밤

어차피 견뎌내야 할
삶이라면

나는 최대한 고통스럽지 않은
길을 가기로 했다

지난밤 아주 예쁜
달이 인사했지만

소원은
빌지 않았다

폭우

밤부터 계속해서
비가 내리더니

아침이 되어도
여전히 멈출 기미가 보이지 않았다

그런 모습이
보고 싶지 않아서

세상과의 문을 닫았다
나는 혼자를 택했다

나를 밝혀 주는 것

오늘따라 밤하늘이 유난히 어둡다
밤하늘이 어두워서
촘촘히 수놓인 별들이
더 밝은 듯하다

선선한 바람이 부는
들판 위에 누워
밤하늘을 바라보고 있노라면
별도 나를 보는 듯하다

별 하나 놓치지 않으려
자꾸만 눈으로 좇아도
저 멀리 도망가는 탓에
내 눈에 별을 담았다

별의 그림자는 어둡지만
그럼에도 별은 밝고,
별을 품은 나도 밝다

너의 시간

처음에는 너의 시간을
온전히 내 것으로 만들고 싶었다

그 다음에는 너의 시간을
아주 잠깐이나마 빌리고 싶었다

마지막에는 너의 시간 속에
내가 함께 있었음을,

네가 꼭 알아주기를 바랐다

기억

그날 가장 높이 떴던 태양을
그런 햇빛에 빛나는 너의 그림자를

꽃을 예뻐하던 예쁜 너를
그런 너를 예뻐하던 지난날의 나를

해가 져도 어찌할 수 없었던 우리를
어둠도 어찌할 수 없었던 달빛을

나는
기억한다

위로

가끔은 요란한 말보다
아무 말 없이 안아 주는 것이
더 위로가 된다.

괜찮냐고 묻는다면
나는 괜찮지 않을 테니까

이제 괜찮을 거라고 말한다면
나는 괜찮을지 내 미래를 의심할 테니까

아무 말 없이 안아 준다면
나는 담아 두었던 과거를 꺼내
펑펑 울 테니까

가을 바람

끝나지 않을 것 같던
뜨거운 여름이 다 가고

포근한 바람이 불어와
내 손 끝을 간지럽히네

답답했던 교실을 벗어나
바람과 함께 운동장을 걸을 때면

너 또한 옆에 있으면 좋겠다는
나의 자그마한 바람이 있구나

수채화

너를 처음 만났던
그 순간 나는
투명했는데

너를 다시 보았던
그 순간 나는
새하얘졌다

너를 뒤따라가던
그 순간 나는
분홍빛으로 물들고 있었고

너와 눈이 마주쳤던
그 순간 나는
점점 더 진하게 물들었다

너의 마음을 확인했던
그 순간 우리는
서로의 색에 물들어 갔다

너로 가득한 밤

지금까지 나의 밤은
그저 불 꺼진 천장을
바라보는 것뿐이었는데

오늘은 나의 밤이
네 목소리로 가득 차
기분이 이상했다

피곤함이 날 짓눌렀지만
얼른 자라는 너의 말이
왜인지 듣기 싫었던

쉴 새 없이 떠들던 밤은
내겐 너무 행복한
너로 가득한 밤이었다

아카시아

언젠가 우리 놀러 갔을 때
밤길을 함께 거닐었지

그때 꽃향기가 풍겨와
너는 내게 무슨 꽃이냐 물었는데

그때의 나는 알지 못해서
네게 답을 주지 못했었어

그 꽃 아카시아래
아카시아였어

말해 주고 싶다,
아카시아였다고

기차를 타고

창가에 앉아
스치는 바람을 마주하고

아무 생각 없이
그저 흘러가는 대로 몸을 실었다

네가 있는 곳은 몹시 멀지만
너에게 가는 길은 멀지 않으니

너 또한 나를 반갑게 맞이해주고
보고 싶었다 하며 꼭 안아 주길

너를,
만나러 가는 길

마주쳤다

너는 해가 지고 달이 뜨듯
당연하게 내게 다가왔다

수줍음이 많았던 나는
너는 나와 다른 세상 사람이라 생각했다

너는 어디에 있든 늘 빛이 났다
네가 가는 곳이면 사람들이 모여들기 마련이었다

너를 바라보는 시간이 많아졌다
그러다 너와 한 번 눈이 마주쳤다

너는 내게 속삭였다
안녕, 널 지켜보고 있었어, 라고

그렇게 우리는 서로 마주 섰다

가로등 불빛 아래에서

어젯밤 우리는
가로등 불빛 아래에서

가장 찬란히 빛나던
서로의 모습을 담았다

용기 냈던 나였지만
묵묵부답이었던 네가 미워서

괜히 마음에 없는 말도
네게서 도망치기도 해 보았는데

내가 도착한 곳은 결국 너였다
그때의 우리는, 서로였다

따스한 겨울

습하고 후끈한 여름보단
겨울이 더 좋다 하니

추위를 많이 탄다며
너는 겨울이 싫다 하네

그땐 쑥스러워 말하지 못했지만
이제는 말할 수 있겠구나

내가 너를 꼭
안아 주겠다고

내가 너의 따스함이
되어 주겠다고

별빛

밤에 별을 볼 수 있는 건
밤하늘이 어둡기 때문이고

밤하늘이 어두운 건
모든 별빛이 닿지는 못하기 때문이다

그러나 어떤 별이라도
그 자리에 빛나는 이유가 있다

이를테면 너라는 밤하늘에
나라는 별빛이 닿는다는 것

혼자

주변의 것들로부터 혼자가 되는 것은
생각보다 쉬운 일이며

혼자가 된 것은
쉽게 받아들일 수 없는 일이다

그러나 혼자가 되더라도
결코 슬퍼하지 말기를

이리 와서 잠깐 앉아
아무 생각 않아도 된다

잠시 세상의 모든 불을 끄면
더는 혼자가 아니게 되니까

나

누군가가 만들어 낸 퍼즐은
몹시 맞추기 어렵다

퍼즐은 맞추면 맞출수록
점점 흩어져 갔다

누군가를 위해 만들어진 나는
내가 아니었다

결국 나를 그 안에 맞추려다
너무 울렁거려 토해 냈다

나는 산산조각 났지만
나는 나였다

비교

비교라는 것은 항상 상대적이다
상대적이기에 늘 옳은 것도 아니다

내가 힘이 약한 것은,
힘이 강한 누군가가 있다는 것이다

내가 공부를 못하는 것은,
공부를 잘하는 누군가가 있다는 것이다

내가 그림을 못 그리는 것은,
그림을 잘 그리는 누군가가 있다는 것이다

그러니 자신을 다른 누군가와 비교하지 마라
너는 다른 누군가가 아니라, 너니까

매 순간, 함께해 주어서 고마워

내가 기쁠 때에는
너는 함께 웃었고

내가 슬퍼할 때에는
너는 덩달아 슬퍼했고

내가 울 때에는
너는 아무 말 없이 꼭 안아 주었다

그렇게 나의 매 순간 속에
너는 존재했고,

너의 매 순간 속에도
내가 존재했다

매 순간, 함께해 주어서 고마워

수고했어요

오늘도 수고했어요

오늘이 많이 힘들었다면
내일은 좀 더 좋은 날일 거예요

괜한 불안감으로 밤을 지새우지 말고
다가올 내일을 위해 푹 잠들어요

분명 내일은 행복할 거예요

바람

기분 좋은
바람이 불어와

내 옷깃을 스치고
내 뺨을 어루만지면

나의 오늘은
조금 더 특별해지고

나의 내일이
조금 더 행복할 거라 믿게 된다

매일 내게 바람이,
일렁인다

나아가다

깊은 밤 슬픔이 잦아들어도
한숨이 이 공간을 가득 채워도

나는 한 걸음 나아간다.
올곧게 하루하루를 이겨 낸다

조금 더 나아가니
나의 꿈이 나를 기다린다